汪抒，中国作家协会会员。20 世纪 80 年代开始发表作品，出版诗集《初夏的鲸和少女》（长江文艺出版社）、《苍穹下的身体》（百花文艺出版社）等。主编诗刊《抵达》。

中国行吟诗人文库 第二辑　李 立　主编

遥远与无穷

汪 抒　著

黄河出版传媒集团
阳光出版社

图书在版编目（CIP）数据

遥远与无穷 / 汪抒著. -- 银川：阳光出版社，
2025. 1. -- (中国行吟诗人文库 / 李立主编).
ISBN 978-7-5525-7405-0

Ⅰ. I227

中国国家版本馆CIP数据核字第2024Q19S83号

中国行吟诗人文库　第二辑　　　　李　立　主编

遥远与无穷
YAOYUAN YU WUQIONG　　　　　　汪　抒　著

责任编辑　赵维娟
封面设计　鸿儒文轩·末末美书
责任印制　岳建宁

黄河出版传媒集团
阳　光　出　版　社出版发行

出版人　薛文斌
地　　址　宁夏银川市北京东路139号出版大厦（750001）
网　　址　http：//www.ygchbs.com
网上书店　http：//shop129132959.taobao.com
电子信箱　yangguangchubanshe@163.com
邮购电话　0951-5047283
经　　销　全国新华书店
印刷装订　三河市华东印刷有限公司
印刷委托书号　（宁）0030330

开　　本　787 mm×1092 mm　1/32
印　　张　7.5
字　　数　120千字
版　　次　2025年1月第1版
印　　次　2025年1月第1次印刷
书　　号　ISBN 978-7-5525-7405-0
定　　价　58.00元

总序

行吟者，灵魂像风一样自由

李立

空气看不见摸不着，上天入地，间隙不留，无处不在，随时生风。大千世界，朗朗乾坤，诗意无所不至，如风般潜隐、默化、繁衍、缤纷、飘逸、激扬。边行边吟，行吟诗歌如雨后春笋，蓬勃兴起。当代行吟诗歌已呈方兴未艾、风生水起之势。

尺寸方圆，风起云涌，绵绵无穷。思想可抵达之地，便是诗情的肥沃土壤，行吟诗歌的种子就能生根、萌芽、开花、结果。

行吟诗歌，自古有之，古今中外许多伟大的诗人，留下不胜枚举的不朽之作。

"飞流直下三千尺，疑是银河落九天。"诗仙李白临风对月，纵横山水，笑傲江湖，托举金樽，嬉笑怒骂，出口成章，行吟天下。

"朱门酒肉臭，路有冻死骨。"诗圣杜甫悲天悯人，路见凄怆，有感而发，笔触凝重，抨击时政，揭露黑暗。

"众里寻他千百度。蓦然回首，那人却在，灯火阑珊处。"一生以恢复中原为志的南宋名将辛弃疾仿佛在描绘爱情，又好像在抒发心中的压抑。他行吟于塞上边关，出入于金戈铁马，奔波于长城内外，倾诉壮志难酬的悲愤。

行吟诗歌可分抒情诗、叙事诗、咏物诗、爱情诗等。但行吟诗歌没有泾渭分明的派别之争，没有壁垒矗立的门第之别，四海之内的诵吟唱颂皆为行吟诗歌。行吟诗歌讲究清新脱俗、自然天成，拒绝闭门造车、忸怩作态、故步自封。马嘶狼嚎、鸟唱虫鸣、飞瀑激流等大自然发出的天籁之音，行吟诗人都乐意洗耳恭听，并欣然与之唱和。

风喜于拈花惹草，擅于推波助澜，忠于神采飞扬，形于来无影去无踪。从不作茧自缚，从不循规蹈矩，从不因循守旧，从不裹足不前。它弹拨漫山红叶，它吹奏江湖涟漪，它令蝴蝶蹁跹起舞，它让雪花深情款款，它能使春光风情万种，它亦能使黄沙骚动不安，在风面前，万物皆难以克制和矜持，不会无动于衷。

行吟诗歌歌颂大自然，表达真善美，挞伐假恶丑，颂扬清风正气，赞美清平世界。行吟诗歌不是游山玩水的遣兴，不是游手好闲的造作，不是江山如画的拼图，不是沽名钓誉的无病呻吟。

　　行吟诗歌能走进峻岭悬崖的皱褶内核，能与江河湖海促膝谈心，能与大漠戈壁共枕日月，能与孤花独草形成心灵共振，能以一颗怜悯之心去撞击世俗的铜墙铁壁，能赋予落寞古刹崭新的生命力。行吟诗歌最先抵达的目的地，是行吟者的内心深处。

　　脚步触摸不了的远方，只要思想和诗意锲而不舍，行吟诗歌就永远没有终点站。

　　想走就走，沐风浴日，披星戴月，挥毫落纸。山川河流，都市街巷，名胜古刹，危峰峭壁，荒郊野外，田间地头，只要你悉心观察，用心灵的颤音去追寻缪斯，那么，你就会诀别于寂寥和空虚，收获大自然慷慨的馈赠。行吟诗歌如风一样无处不在，但更加持重、洒脱、灵动、端庄、丰满、秀丽、辽阔，更讲究内涵、韵律、节奏和风情，看得透理得清，来无影去有踪。

　　大自然是行吟诗歌的温床。行而吟之，诗如其人。

　　大鹏借助风升空，诗人驾驭意境升华。

行吟者，目光如炬，声似洪钟，思如泉涌，行走在蓝色星球上，灵魂像风一样自由。笔随心动，诗意生风。诗情蓬勃，无所不及。

2023 年 11 月 1 日于新疆塔城

目 录
contents

辑一　欧亚大陆腹地的太阳

辑二　像一部电影的开头

辑三 地下车库

辑一

欧亚大陆腹地的太阳

天地中的一列火车

天地无限伸展，把该空出的地方都空了出来
因为戈壁的磨砺，晨光猛烈而又粗粝
层层向远方推进

黑夜早被列车脱下，一路丢落在狭长的河西走廊里

寂静被戈壁折射，默默坐在离火车不远不近之处
随着火车的移动
它也不断移动

时间也随着车厢而摇晃，它被车轮反复切断
而发出震动亘古的渺小的声响

从火车上远眺博格达山

颜色太浅，可能是日光晒褪了色
似乎就要被蒸发掉

少数山峰被积雪轻抹
整列山脉那么轻，卧于吐鲁番盆地的边缘
却有着不可忽视的严峻的骨骼

我看到有许多条忽隐忽现的路
在盆地上通向它，但我却无法选择
其中任何一条

去北疆

太阳更圆，一直顶在我们车子前方

两列山脉一直追随着高速公路
里面一列暗褐色的山脉，皱褶累累
外面一列清棱棱的山脉，几乎全被积雪
干硬地覆盖

云团一侧略含阴影，低低悬浮在雪山的上空
寒意稀薄而不四射

茫茫的准噶尔盆地

戈壁滩的边缘，连绵的电线杆
让我意识到那边是铁道

一列货车虽然渺小，但走得并不慢
那么长，让我震惊

我无法细细数清它的车厢，一目了然
但总是数乱
大概有四十节

沙漠公路

太阳也不明了自己的位置，只在天空中
茫然地飘浮

时间越熬越稀，跟云片一样
几乎没有痕迹

古尔班通古特沙漠中，除了数不可数
的芨芨草和骆驼刺外
还有一小片一小片盐碱地
起初我以为是水

除我行驶的这条公路，我惊奇地发现
好几个不同的方向里都有车辆
远远近近地出没

恰库尔图

越来越怀疑，这是否还是荒漠
黄色的羊、黑色的羊
多起来

白中含灰的云，连接成一片
几乎遮盖住全部天空

接着看到几所颜色漂亮的房子
一段路后，房子越来越多
一座小镇涌现

胡杨林夹着一条寒冷而清澈的河流
泠泠的水声像一把锋利的
疗治荒凉的手术刀

继续向北

苍穹越来越低，仿佛伸手即可触摸
微微起伏的草原
却越来越小
天穹从四周将它浑厚地逼住

骑摩托车的牧人，淹没在远方浓厚的云团中

颜色太大气了，从不鸡零狗碎
就那几种单纯的颜色
大块大块地，全都沉落进我的生命里

遥远与无穷

但现在途中还是草原，阿尔泰山还未冒出来
绿色的风在诠释面积真正的含义

天地太小，一切都是它随意摆设
的玩具，包括我们这一行人
包括已沉睡地下不知多少年的亡灵

遥远与无穷，让我开始略略害怕

远眺阿尔泰山

缀满云团的苍穹显然比大地
更大、更重
在苍穹与大地咬合的地方，夹着阿尔泰山

少量的阳光像有限而强烈的追光灯

阿尔泰山一部分石头明亮无比
如果一只鹰立于此，瞬间它就是整个世界最
令人瞩目的领衔主演

进入阿尔泰山

这是一个破碎的世界，崩溃的石头
垒积成一座座杂乱的山峰

我仿佛听到两大板块在地壳深处
挤压的声响

在山脚下逆着溪流行驶
狭小的缓坡上，一位女牧民孤独地坐着
帐篷旁，停着一辆绿色的皮卡车

空空的山谷，偶尔飘来人的脚步声、马蹄声
清荡荡的光影里，却什么也没看见

还是给我一块伤痕累累的石头吧
将我今夜微微颠簸的梦境
陌生地压住

额尔齐斯河

我沿着大峡谷向它的上游走，不是溯源

我听到的不是水响
而是石头在响
整条曲折的峡谷在响
太阳远远没有落下，巨大的阴影在峡谷里
也在飞快地发出声响

寒气沿着山坡向上爬升，它踩过那些寒温带树木
的肩头，弥漫于天空广阔的明亮之中

我所需要的，额尔齐斯河全都给我提供
在寒冷的孤独中
它从不停下冲击和咆哮

苍凉的耳朵

一头正吃草的牛或羊不知道
站着或倒下的白桦不知道
冷松也不知道
就连身在激流中的密密而巨大的
卵石，也不知道
——那遥远的下游和归宿

鄂毕河和北冰洋都是遥不可及的梦境

大峡谷中湍急的额尔齐斯河
不断把冰冷的声响灌进我高纬度
苍凉的耳朵

我与陡峭的斜坡上一块残雪
有过对话，但已录入阿尔泰山的体内
而不愿流走

多尔布尔津街在下雨

多尔布尔津街在下雨
虽然不大
但很凉

车已停在街边，车窗玻璃上
都是雨珠
拉杆箱从车子下层拖出后
被街灯照射
夜里十一点多，也只相当于北京的
九点多

估计整个阿勒泰都在下雨
羊和牧草在熟睡中
也听到了淅淅的雨声

乌伦古湖边

乌伦古湖边泥土混乱，在一个
土堆的阴影外
一匹马侧躺于地
略含凉意的阳光正伸出强劲的大手
搭在它的身上

略远一点的滩地面积巨大，青白相间
（青草和砂土）
一群马正以最自由的状态
慢慢啃着这个辽阔的起伏的早晨

阿勒泰

越往北走，紧密的云团越低
几乎压住远方的地平线
糊住北半部天空

而头顶上的云片少多了，几乎都
赶向了那边

大地上阴影和明亮缓慢地交替
电线杆一直很多，像是赶赴一场
急迫的召集

布尔津县

另一个方向的天空，仍然悬浮着
低低的明亮
风力发电机仍然在闪烁地转动

我以为我这边仅仅是
天空暂时变阴了，直到看到车窗
玻璃外面
细碎的水滴

一个牧民在我的视野里，背对我骑着马
越来越远，而他的附近
只有一只羊
像马的快乐的小兄弟

俯瞰禾木

风呼呼地响，像许多面旗帜在我的
耳朵中疯狂地飘动

山下是宽阔的盆地，是茂密的白桦林
是禾木河
宽宽的闪着黄褐色的激流

浸染过积雪的太阳正用凛冽的阳光
搭成一道道无迹的梯子，直达安静的禾木村中

成片成片木屋的屋顶，即使是迅疾的鹰眼
也无法去一一点数

这高处的大风，来自无穷的阿勒泰山中
来自云块堆叠的无尽的寒温带的苍穹里

禾木河，及鹰

禾木河的激流将所有雪水的寒气
堆积于禾木村的上空

清澈如蓝色天空的寒气，压在禾木村
所有木质的屋顶上、白桦林中
出租马匹的图瓦人衣服上
村前的石路上

那些鹰仿佛就是被这强大的寒气喂饱
成群盘旋、俯冲
凛冽的厉翅发出哗哗的声响

必须要有这些强硬、散乱而又与
我们无限接近的词语

去贾登峪路上

细雪越来越急，倾斜着
弥漫山腰上一层层盘旋的公路，及
不深的山谷

这场雪像灵感突然迸发
不可能持续太久

对面山坡上的混合林全陷入思考
的混沌中
不是所有的问题都眉目清楚

太阳终于出来点拨，虽然不够明确
但天空中的事情还是靠它解决

阿尔泰山的太阳

有时它不露面，不知身藏何处
却照亮远方某一座积雪或
未积雪的山峰

有时明明看到它就在我的头顶
它身下所有的云团却是黑的
——它不会放弃光芒的指引作用，而
照亮的是我此刻看不到的
更远方的山峰

一个寒温带的湖泊

清冽的空气磨砺了我的耳朵

我听到附近吃草的小马
成长中骨骼的声响
它们还没长大，毛色纠结
在不明来源的倾斜的光线中
它们像是神的赠品

我还听到云杉、冷杉生长的声响
我有足够的耐心和敏锐的听力
听到它们身体内部
一直未停止的缓慢地向上的进军

部分冰层裂开，我听到冰面上
不明痕迹凛凛的声响，它录自无穷的天空

在喀纳斯湖旁眺望雪山

狭长的湖面仍然结冰，熠熠生辉
少部分湖面藏在山脉的阴影里
午后的阳光不敌深深的平坦的寒气

雪山顾及几个方向，但北面更得倾斜
不止一座雪峰，巍峨地挤在一块
耀眼的气势，削去天空
本来已少的空间
那是雪山独霸的世界，没有任何生灵
能够染指，甚至连云气也望而生畏
因而那些雪峰一直保持
单纯的自身

它们不断向远方开拓，我的想象能力
有限，不知它们庞大的身躯阻挡着
什么样遥远的、渺茫的秘密

听一个图瓦老人吹楚尔

那样的腔调，适合阿尔泰山
楚尔也确实是用阿尔泰山中的灵草制成

他全部的人生经验，此刻都
汇集在他按住笛孔的手上
汇集在他如石头般缄默的嘴唇上
在那一口气上

那样的腔调里有鹰的悲伤
马的忍耐、羊的无奈
还闪耀出寒温带各种树木坚忍的低调的气息

他打通了人与雪山内部的通道
我们得以自由地在雪山中进出

听图瓦人乐队演唱

他们用低沉、粗哑的喉嗓
用三弦琴、楚尔和羊皮鼓等
重新绘制了一个世界

不是对现实的复制，它高于尘世

它以演出场地小木屋为范围
以几十个听众飞扬的头发
为基础，雪水挟带着碎石和泥土
呼呼地流过我们的耳畔

人生无限地展开，各种亡灵
被埋于黑暗，又全部在光明中舞蹈

阿尔泰山之神

众多的云团中，我认出了其中的
一个云团，它不是最大、
最重，它就跟其他云团一样

但我认出了它的与众不同之处
满含神光，但又不完全辐射出来

阿尔泰山多少山峰的精华，如静电，被它吸收
阿尔泰山多少河流的精华，如静电，被它吸收
阿尔泰山多少林木的精华，如静电，被它吸收
多少牛、羊和马的骨头，时间千锤百炼后
的精华，如静电，被它吸收

它静静地照耀阿尔泰山中人类生活的所有粗枝大叶
也照耀着从他们手中滑过的每一个细节

阿尔泰隼

在雪线以上的丛林里，它可能用眼睛
眺望过我

或许在乌黑的但镶着金边的云团里
它眺望过我

或许在山间盆地的电线上
它眺望过我

而我一无所知，在茫茫的阿尔泰山
我遇到一块飘浮的黑黑的石头
也遇到过一片飘浮的
耀眼的残雪
但从未眺望到一只鹰隼，正在自己自由的
王国中，独自咽着剽悍的凛冽的空气

新疆的草都很浅

黄昏后仍然刺眼的太阳
把一大块微微起伏的大地无穷地铺开

"新疆的草都很浅"
"那一块谷地，冬天最深的积雪能达两米"

土路上，一辆白色的车被一大群慢腾腾黄色的羊
挡住，赶羊的人骑着摩托车
仿佛心中提前装满还未到来的暮色
不急不慢地跟在羊群后面

天空单纯，涂抹着很薄但却
很丰富的内容

布尔津河老码头

一艘吃水很深的不大的货船，缓缓拐弯

从额尔齐斯河进入布尔津河

可黄昏清朗的河面上

只有远方大桥上的彩灯

俄商下船，工人开始下货

云片低垂，映照两条河流

可空荡荡的柏油河堤上，我只看到

两个小伙子谈天，一个小男孩

飞速骑车而过

这边也有许多船只，将向远方驶去

可一个刚吃过烤鱼的人走出去

和我招呼，并一起走回旅馆

幻觉与现实，在我的眼前不断交织

最简单的事物

以乌伦古湖为中心，大地向四周无限扩散而去
此刻，上午十点半钟
就像一幅简笔画
大地上只有这几样事物：
太阳、湖边的一顶蒙古包，更远处
正在犁地的一辆黄色拖拉机

蓝色的鱼

那是一条蓝色的鱼，被
乌伦古湖的水染蓝
除了我，没有人看到它

乌伦古湖的蓝色来自于自身
与天穹和光线都无关
是神搬来雪水
然后看了看乌伦古湖周边辽阔的荒漠
说，蓝色
也就是在那个瞬间，神性的蓝色
如电，透彻湖水

那是一条蓝色的鱼，我还看到了
它幽冷的眼珠
太阳在它的眼珠中闪耀
就像微微的一点黄金

天山中的湖泊

那是一条凉爽的浓荫覆盖的小径
完全摆脱了山下的
高温和荒凉
我看到不断有人走在通向它的途中

目的地总是一种圣洁而又秘密的愿望
在到达它之前
我正在清风里层层脱皮

已眺望到远方一部分灰白的雪山了
在这条高山上的小径终止之处
它将突然而明亮地诞生

天山

它是铁和丝绸的混合体

我只触到它的局部，但可想见
绵延 2500 多公里的天山
沉重得该把欧亚大陆腹地压得有多痛

在一处山脚下，雪水在溪底流得很细、
很急
散落的若干碎石
竟然在溪边随意组合成一匹马
残缺的骸骨

一辆摩托车附近，两个当地人
正躺在光斑跳动的树荫下

灼热的午后

我听到灼热的午后正和雪峰
无迹地激烈碰撞

一切寂静,一切都像没有发生
但这是地球上无人知晓的
最惊心动魄的重大事件之一

积雪按神的旨意,只选择一部分
山峰

它没有选择我,因而
我站在能眺望到雪峰的地方
身上也像长满苔藓、蕨类植物,或
云杉、冷杉的树皮

去吐鲁番的路上

风力发电机像克隆似的，成群结队地
从荒漠上列阵而出

一列绿皮火车相向而来
一列白色动车、绿皮火车相继同向而去

无论静物或非静物
世上最大的舞台，由荒漠为它们提供

远山与乌云一样灰黑
我怀疑它们太薄、太轻，在天的尽头
根本无法将一阵阵涌过它们身下的荒漠挡住

在吐鲁番，看两个人绘制壁画

旺盛的葡萄藤叶和高大的白杨

击败了正午的天空

在一所民居的墙前，有两个人正在墙上绘画

于是我看到了，那四个西域女子

在葡萄架下开始舞蹈起来

叮叮咚咚的西域音乐也从这堵墙上

站起来

然后从寂静的阴凉中穿过

然后在吐鲁番上空旋转

并不断扩散，触及茫茫的荒漠以后

又触及更远方的古城遗址、荒山及雪山

我接受她们舞蹈后赠予的葡萄

我拾起那已不再作声的乐器

一列褐红色石头的山

一列褐红色石头的山，没有人能从
山中穿过

但我亲眼看到一辆马车
向山缓缓而行
烈焰迎面扑来，荒漠上根本没有路
但有一道印迹，应该是先行者
留下的

很久以后，我又看到一峰骆驼
被人牵着，缓缓向山而行

我不知道它们有没有走到山脚
但在后来的梦中，我一直跟在它们后面
酷热像红色的颜料
涂满我的全身

离开吐鲁番，去库尔勒

清晨的葡萄园，是最愉悦的
一块块色彩
它们被涂刷在公路的旁边、一排排
土色民居的后面

然后便行驶在古海洋的海底
清晨的吐鲁番盆地，荒漠上微微的
冷气未散

大鱼早消失在深深的泥土下面
贝壳类动物一直留在大地上
但早已化为粉末

在天山山谷间穿行

阳光与干旱如此威力无比，摧毁
任何石头，山几乎
不成为山，像荒凉的外星球

在一堆废铁般的天山山谷间
蜿蜒穿行，再强硬的心
也被磨砺得满目疮痍

太阳有时斜斜地透射下来
有时又被嶙峋的山峰
猛砸回去
后来我甚至看到了太阳身上的疤痕

必须撬开石头的缝隙

乌什塔拉

一列货车在山脚，缓慢而行
仿佛要运走车顶上荒凉的山脉

加油站内，离我最近的几辆加长卡车
分别来自河南、黑龙江
和宁夏
几个司机站在下面

戈壁憋着劲，势头仍不罢休

云片大面积贴于天宇，灰色、蓝色、白色
相互间没有停止攻击和吞食

博斯腾湖可能正下暴雨

黑云像一大团浓墨，占据了南边
三分之一的天空

它身下的山脉笔法生硬，混合着黑、黄、
青三种颜色

似乎已达非常紧张的程度，有人从那边过来
说博斯腾湖
可能正下暴雨

浓墨渐渐变淡，应是被天空中的
大风吹弱

阿尔金山

我仿佛眺望到阿尔金山灰色的影子
横亘在灼烫的天际

我曾从阿尔金山与祁连山相接处的
当金山口穿过
上升到厚重的青藏高原

可现在我在尉犁，阿尔金山的身体
主要延伸在新疆境内

高温使此刻的太阳
呈现浅红的颜色

而阿尔金山上的太阳肯定显现出灰色
石头被晒裂以后
灰末涂上了太阳的表面

一条塔里木河里的鱼

一束夕光放过了沙丘
也放过了胡杨、沙棘、罗布麻

漠漠的荒野上只剩这一束夕光
迟迟不收回
像是寻找什么

它带着全世界的注意力
终于集中到一条塔里木河的鱼上

这条鱼已被剖开
一根红柳枝穿过鱼身
斜插在一堆木火的旁边，烟雾缭绕中
这束夕光如此执着、准确

白金

荒漠层层汹涌，荒凉的力量
终于凝结成一把无迹的
锤子

太阳被它反复锤炼，终于变得薄薄的
并且呈现白色
就像一片白金，贴在
黄昏的天宇

我在塔克拉玛干沙漠中
看到这片迟迟不下落的白金
简直不像是太阳

昆仑

一座山就是一块惊天的巨石，无数的巨石
连绵堆砌，将有限的天空挤满

而积雪是另一种重量，闪闪地累积起来
它们的重量不亚于整列山脉

虽然相隔着塔克拉玛干沙漠，远距几千公里
昆仑山的锋棱，还是如凛冽的魔影
割痛我的眼角

太阳葬

楼兰人把逝者们的棺木
围成一个太阳状，我仿佛看到
那巨大的木质的圆形和渐渐
腐烂的光芒

他们在孔雀河边砍树，在塔里木河边
在车尔臣河边、疏勒河边
不断砍树

罗布淖尔终于耗尽最后的水滴
天塌了下来

悲伤的黄沙终于糊满死亡少女
的脸孔，幸存者四散

喀什

楼兰已成废墟，或许我可反转方向
让驼队一路踩过塔里木盆地
直向喀什

尉犁再往下，就是若羌
高速公路旁我不断虚构我的驼队
阵阵驼铃，起伏着
如小小的银锄在荒漠上挖掘，也在我
梦想的脸上挖掘

太阳以烈焰、雪水和玉，构筑了一座
古城，在盆地的边缘
更是在天边，满含孤独

在喀什，我可能是一个土陶工匠
黏土一直在我的手上燃烧

库尔勒之夜

雨曾落在库尔勒的街道上
落在天山支脉库鲁克山和霍拉山上

落在一个面条店前密密的树上
老板从面条店深处
眺望清凉的街道，恍惚中有人骑马
从雨中匆匆划过

傍晚时分我抵达库尔勒时，已几乎没有
任何下雨的痕迹
只有面条店前潮湿的地砖
令我坚信下雨的事实

而老板从灯光略微微弱处给我端来面条
他的身上也没有一点雨的痕迹

当然，最先干涸的是山中荒凉的石头
除了石头本身，没有人
能直接看到

触及

我希望不要远远地就看到雪山

从峡谷出来
谷底道路大幅度拐弯，其他
非雪山或只有少量残雪的山峰
的后面，一座浑身披雪的真正的雪山
闪现出来
惊讶就在那冰凉的一瞬间

不可能一直行驶到它的山脚下
就保持着那样恰当的距离
它就在离车子不远之处
仿佛我弹一下手指，就能触及它庞大
的身体

容纳

山间谷地如此平坦和宽广，足以
容纳残雪覆盖的溪流
足以融纳缓缓滚动的羊群，它们像神走过时
稀少的足迹
足以融纳正穿过其中的一条
已显雏形的高速公路，和更加稀少的工程车辆

人在这样的河谷中正因为特别渺小
他寒冷的灵魂才格外广大

视野和气魄

几座雪峰紧密排列在一起
积雪仿佛在静静地爆炸

最右边的雪峰上，云气呈散射状
另三座雪峰仿佛爆炸已久
浓厚的云气几乎将它们包裹

乌云又低又沉，在远方的天幕下移动

羊太渺小了，像是从乌云间
漏下的颗粒

世界不仅为我提供广阔的视野
更为我提供了冷峻而峭然的气魄

拥有

巨大的草坡上，总有这么一所无人的
小房子，而总有一匹马
默默站在旁边

雪山在最远处，以马的位置和视角
应该看不见

近处的山丘上，草地黄中泛青
夏天还只是山脚溪流中闪耀的积雪

一匹马，除了它的皮毛、
骨头
我们怎么能知道它的内心还拥有什么

标尺

那列山脉又直又长，并且没有什么山峰
它卧在草地的尽头
积雪均匀堆积在坦然的山脊上

像是一把惊心的标尺
苍穹和大地，都由它大度地来衡量

裸露

现在，乌云上升
那一座座积雪的峰头全都显现出来
原先我以为它们只有平坦的山脊
其实只是被浓厚的乌云所抹掉

它们终于闪耀出刺眼的光芒
世上最纯洁的事物，几乎完全裸露

天地之心

雪峰，像一排圣僧平等地坐在
草地尽头
圣洁的气息迎面扑来，我看到它们
融入苍穹，融入
浩浩荡荡的满天云气

但不融入地下，而是凝聚成草地中
一块块滚动的羊群，供我敬仰
并且磨砺我的
天地之心

雪山

它从不离马、羊太近，往往
离人更远

有时在其他山峰的后面，只露出
积雪的山脊

它不是大地上的生灵对话的
对象，它的世界在天空

孤独中宁愿毁灭，也不愿
将雪从它的身上剥夺

巴音布鲁克

雪又细又急，都是雪粒子
空气中发出巨大的摩擦声

远方的雪峰仍被不明光芒照射
而我们的头顶全被乌云
厚厚地笼罩

草地在迅速变白，像浮现出一层
神明的境界

几头牛大致成一队，正在向回走

清晰的面目

也许不是那个红衣僧人在走
而是他身旁的一根根电线杆在走

那是草原上一个寂静的午后，阳光
刺眼而空气依然寒冷
远方的雪山和近处
的喇嘛庙，都呈现出最清晰的面目

因为离得太近，没有人能真正
看清大地

开都河

一道道反反复复的曲线，不是嵌在草地上
的抽象画

也不是对源头寒冷的怀念
更不是对身边审美中一贯无动于衷的马、牛、羊
无谓的挽留

它只可能是与太阳或雨雪、云气的合作
它有一只生动、模糊而又坚定的手
一直在邈远地揭示河谷中夏天与冬天
生与死的不断交替

羊头骨

就像一件荒凉而又残酷的
艺术品，这只羊头骨

但现在它还只是一只皮毛完整的
死羊，在这茫茫的草原中
夕光在少量的积雪上跳跃，也许
抓住了孤独的它，也许
已将它轻轻放过

离开这块草原以后，我们转上省道
继续向西行驶，翻越天山

在另一个位置和角度，才知道
黑夜为什么迟迟没有压下来

有一个我们看不到的过程，除了大自然

没有谁知道它如何转化为

一件艺术品

夜翻天山

黄昏最后一丝光亮始终固执地
粘贴在天山低低的天空

雾气涌起来了，几乎将几座半暗中的雪峰
完全遮住
它们移动着，无限接近
但就是不触及越来越模糊的草原

盘山公路将来往的汽车顶得越来越高
山坡上又厚又硬的积雪
在每一次拐弯中撞伤黑夜

雾气完全吞并了山谷中一直皑皑的冰雪
并霸占了路面
逼亮所有小心翼翼的车灯

车轮艰难地跳过坑坑洼洼
另一侧的雪峰给黑夜提供最后一片
惊险的光亮

冷太阳

这是冷太阳调配的世界，具有
丝绸的质感

远方的雪山，近处起伏的青色的
山丘，都是冷太阳大笔触
涂抹出来

马、羊则用精细的笔调描绘
而且，冷太阳把
含蓄的光芒
再掺入雪水与针叶林的颜色
一直置入它们的体内

伊犁马

只有苍穹才能生出这么漂亮的马
出奇的骨骼和毛色，它
具有神性的品格

云杉黑黑的从山顶一直有序地涌到溪边

一个裹着厚厚棉衣的中年汉子
骑在马上
马蹄正踏入奔腾的溪水
黑宝石般的美辐散开来，从满坡云杉上
急急向上掠过

也许受小说或电影的影响，我突然想到一句：
骑着马匹去县城

公路上的羊群

那个骑马的汉子，像倒放中的胶卷
一格一格向后退
其实他也在骑马前进
只是比汽车速度慢

他的羊群漫上公路，在汽车的鸣笛声中
又很快涌下了公路

因为之前的微雨，草原像绸布一样闪光

那拉提山在远方压住了它
不让微风将它掀翻

巩乃斯河

积雪换了另一种同样寒冷的方式

它一路摸过云杉的根须、红柳的根须
冷杉的根须

它把许多石头
抱在湍急的怀中

它用凛冽的舌头，咬过马的蹄子、牛的
蹄子和羊的蹄子

太阳固执，不随之流去
但变成鲜冷的红色

博罗科努山

白杨树特别讲究秩序，偶尔的缝隙间
看到它后面的公路
红色的大货车孤独向西

第一层山脉如点彩法所画出
柔美地起伏，青嫩的颜色刻画着
明亮的褶皱

它的后面被白云堆满，偶尔掀开一点点
才看出黑色的山脉
直堵上光线诡秘的大半个天空
我在疾驰的路上微微放下心来
我们的身边，大地上，有着
这样最坚实的支持

河谷

河谷原来也可这么宽阔，我看到
成堆的云团坐在河谷中
它用迷蒙的光芒
捏制出牛、羊和马，捏制出房舍、树木
以及冒烟的钢铁厂

如果把人的生活比喻成幸福的木偶
我也能接受，一条条线
操纵在云团手中

天山腹地

天山的腹地完全颠覆了我在它的
东端所形成的印象
天堂是对它青翠的借鉴，和
力所能及的复制

我把我的热爱不断缩小，最终
聚结成绿坡上一所孤零零的
仿佛被神遗忘的小房子
它的旁边是一个空空的马厩，还有一台
没有后车厢的拖拉机

途经肖尔布拉克

太阳努力从云团中把自己挖出来
一盏午后之灯

它高悬着，让我看清了一部分远远近近
移动中的山脉，一大块
移动中的草原

虽然有一小阵细小的雨滴
扑打车窗，但它仍然高悬于天宇

几只渺小的羊溜达到路边铁丝网附近，又
迅速向后飞速退去
铁丝网细细的阴影深勒入大地

在伊宁

虽然不太明晰，但确实是雪山
浮现在街道的尽头

积雪睡在山脊，被淡淡的云气轻托
像白色的颜料横着画下的
一道粗大的笔触

那是我初到伊宁，从斯大林东路缓缓
拐弯到飞机场路
一瞥中看见的

阳光在傍晚由于角度倾斜，反而更加强烈
但凉爽的空气已弥漫于我的眼睛中

人、马、山

太不成比例了，崇山峻岭之中
我只看到一个骑在
马背上的人
蹄下碎石累累

同样不成比例，巨大的陡坡上
只有几只羊默默啃草
四蹄揪紧崖缝

更不成比例，崇山峻岭几乎
霸占了所有的天空

果子沟大桥

一辆红色车头的加长货车
超过了我们
这使我微微心安

短短的几分钟内，我们已从沟底
跃升到了山峰

近处青黄色的山体，遮挡不住远处
积雪的黑色的山脉
巨大的云团像一个国家那样飘浮
它应该来自于赛里木湖附近

拉近了与太阳的距离，因而
我清晰地听到太阳在云团边缘
竟然发出了马嘶

写给赛里木湖

从此我要重新感受颜色和光线
从此我要重新感受
纯净度

从此我所有的人生经验归结为零，并且
彻底更新我的有关功能器官

赛里木湖边，一个孤独者一直在眺望
对面的雪山和云团
而完全忽视了她与它们之间的湖水
——也许她以为没有湖水

她更不知道，我也在同样的湖边
但更是目空一切

赛里木湖畔的星空

那么多条银色的辫子，仿佛我可以
伸手去进一步编织

在赛里木湖畔，仰望苍穹
星星不再是一粒一粒，而是流泻下一条条
耀眼的光辉
直达雪山的顶上

清晰和条理，体现了苍穹最深刻的神意

可惜我没能在赛里木湖畔度过一晚
没有让如梦的视觉
广大地笼罩我不眠的身体

新疆的正午

由于坡度的关系，随着我的行进
一排风力发电机从远方
银亮地，缓缓升起

而庞大的云团堆积如山，更是直接压在
风力发电机后面的大地上

一切耀眼、辽阔和局促
同时并存

我们终于从风力发电机和云团的旁边
轻轻地相继驶过
仿佛是有意绕开它们

正好有两列火车错车

荒漠一览无余，渺淡的云片下
野生动物无迹可寻

正好有两列火车错车
它们外形几乎完全相同，每一节车厢
都有不一样的颜色
我远远地眺望着它们，先是车头交错
接着两节车厢交错，再接着十二节车厢交错
直到五十节车厢交错
完全互相遮合
然后又一节节拉开

而黑黑的山峰上，有一部分积雪
以一己寒冷的品性
完全不理会山下如波浪般的夏天

欧亚大陆腹地的太阳

太阳有时像一块正疯长的
向日葵花盘

有时也像一块窑火中的泥土
烈焰喷射

有时也像玉，我渴望用手摩挲
更渴望抱在怀中

葵花地

还没有到达盛夏

我也还没有经过葵花地

否则，我张开的手掌，远远地覆盖
一只灼烫的花盘

而金黄的光芒就像粗大的粉茸茸的绳索
捆绑我心甘情愿的身体

乌鲁木齐之夜

从旅馆下来后，风一下大起来
呆到我凉凉的皮肤上

蓝色的夜色中，灯光正无穷尽地沿着边沿
从不同方向追赶交叉的高架桥
黄昏从来不完全
是静止的
运动着的事物多于不运动的事物

马路的对面，烧烤摊的烟雾给一部分
夜色从下面
镶上热腾腾的喷香的花边

我看到有人从斑马线上走过去
眼中不断出现马的幻影

帕米尔高原

这是地壳最厚的一块，淤塞在
欧亚大陆的中部

积雪堆积，甚至几乎将太阳淹没

我看到所有的鹰都是光芒的聚焦点
鹰翅击碎峰顶，它们接力而飞
直到力量枯竭，也没有从这块庞大的高原中
飞出

我看到一头迎风的毛驴，仰着脸
浑身寒气闪烁，直到死亡后再次转生
多少世了，也没有从这块庞大的高原中的
河谷和盆地中走出

冰川断裂之声如刀

中亚的雪水

中亚的雪水饱含着石头，也饱含着阳光
它以寒冷的棱角，炽烈地滚动

我不会音乐，但我用手指
蘸着雪水，在羊皮鼓上写下一行深谷般的诗句
给随地球旋转而旋转中的荒漠、草原和冰川
也给一直充当坚强头颅的苍穹，给
生生不息的人类

我写下的诗虽然短促但不会干涸，它随羊皮鼓的敲响
像一颗辽阔的心在震动

辑二

像一部电影的开头

出沽源县城

遇到一阵很小的急雨
然后没事了，就像空旷本来就在那儿
我们穿过去，穿过去
还是不知道空旷是什么样子

在一个叫闪电河的地方，荒凉此起彼伏
我看到三个孩子，坐在
一个水闸上
贪玩本就是他们的本意

农耕地域即将结束
接下来就是青草摇曳的地带

挂衣服的钉子

没想到旅馆是地下室
之前不清楚

天还没有黑下来，去找一个人喝酒
他让我坐地铁几号线
到什么地方，再转几号钱
他就在某个出口等着

回去的路线相反
去公开卫生间洗澡，待换的衣服
没地方放
昏暗（灯光不亮）的门后
我一直没摸到
一根可供挂衣服的
钉子

那时还不知道

那时还不知道有小雪，
会在半夜下

道路空阔，以立交桥的形式旋转式的交叉
楼房立在一些幽暗的地方
孤孤单单
路灯全部淹没在干冷的夜色之中

如果不知道这是北京，我不认为这
就是北京

那时我还不知道，一场小雪
会在半夜
落到一部分物体的表面
而让一部分夜色在半夜时
就被驱走

在T64特快列车上

黎明，是列车里最寂静的时刻

无论是沉睡的乘客，还是已经醒来

几乎鸦雀无声

很显然列车右侧的乘客要亮一些

或者乘客的右侧要亮一些

我目力所及的华北平原

微微的树木、房舍，以及不太均匀的曙光

点缀其中

它们正急速地向南方大面积地后退

与奔驰的列车形成强烈的张力

愉快的逼迫，在视野中接踵而来

在秦皇岛乘船

轻雾已尽，凉风直灌而下

这是否是一个夏日，我无法苛责我的记忆
不可否定近处的海浪是真实的

海堤上人们的衣衫，悉悉作响
脚下更多的石头
其实没于水中

我总觉得我不属于这个队列，不像他们一样
也在眺望船只

在坚定的大海面前，队列移动总是缓慢
长久的耐心，让我总是怀疑
当下的时空

津浦线

那是在山东境内，平原总不厌倦自身

像魔法

它不断施展无穷的自己

在津浦线旁的一条乡道上

我们一直开车行驶

相继涌现的树木和房子，因为相同的面貌

而迅速被自己所灭

然后乡道转弯了，一个很小的涵洞

从津浦线下面钻过去

换了一个方向，继续向前

一块更大的平原，在有限的范围内，几乎一览无余

我惊讶于它自我重复的能力

在泰山下

秋夜的泰安城，没有缭绕的、
薄薄的雾气
北方的星辰击穿浓黑的干冷的夜晚

羊肉火锅和烈酒，把山东突兀地
鲜明地推到我们面前

而今夜的泰山也是发烫的，直接、反复坌入
我们的身体
没有谁敢用言语再去轻触

车过济南火车站

济南车站昏黄的空荡荡的灯火

一下子射进窗内

与卧铺中充足的冷气迅速地融合到一起，我的梦

从窄窄的铺位上醒来，它低头看见

十余个孤零零的旅客急步中的双腿，那时我才知道

一场梦境已奔驰了四百多公里

但我的眼睛已丢在华北大平原的夜色之中

我的耳朵也已丢在那无法丈量的广阔之中

它们被华北大平原上夜晚的气息

所缭绕

列车重新启动，济南火车站已演变成

铁轨两旁低低的黑魆魆的围墙

墙外一幢幢六层建筑，平民生活中

尚存的几盏灯火和更深的睡眠中的黑暗，时间

正在铿锵的单调的节奏中无声无息地进行

飞机降落在伊金霍洛机场

飞机降落在伊金霍洛机场
黑夜中跳出簇簇
寒冷的灯火

因为没有直飞
天黑后才从另一个城市转机
不是银川或兰州
我倒是想嗅一嗅苍茫的黄河
和一弯新月

纬度越高，应该有一些树木
树皮的颜色很深
像舌头，一直吃进树的肉里
尽管在辽阔的草原上
它们是那么稀少

远眺阴山

东亚大陆的雨水，到这儿已经很少
仅有的数十滴
都留在了南麓，它是一条陡峭的界线

我所看到的农业，在这儿已到了尽头
但每一粒种子都有一个虚恍的脸，与阴山北麓的
马匹类似，而一匹马静静地伫立
更令人心情奔腾和激烈

我有一些神秘的、难言的感受
从心头掠过
那是什么样迷人的气息
使我流逝中的脸颊
渺茫、发烫

去壶口瀑布的路上

浑浊的水并不锐利，但却使两岸的山体
无法合拢
这边是陕西，另一边是山西

肯定曾经有马匹在蒸腾的日光里
沿着河边走，但慢慢地就没入到了坚硬的石头中
以至空荡荡的山谷里，只有这叠叠的波涛
发出浅浅而又蜿蜒的声响

植被捉襟见肘，黄褐色的岩石衣不蔽体

还没有抵达壶口瀑布，单调的日光
几乎直射我的头顶
那时我还不知道，一条河流为什么能这么
突然地收紧
被约束的身体总有着可怕的力量

黄土高原

草木未到之处，露出少量直直的黄土

两边山体很远，相对广阔的
谷地中，嵌着河流和村落
水在河床的中间像一条线，浑浊地奔流

远远望去，有时两边黄土的山体又像
就要急速地合拢

太阳漂浮不定，但它却把最大的热力
全部都投入到连绵而又割裂的黄土高原上
那么多模糊的、无力的
反射点，不好落实

三门峡

霜气变为晨光后，直直地晃动
失去自身
才突然具备超验的能力

它看到一个正喝羊汤的老人，街头冷寂
而又热气腾腾的早点摊子
它看到黄河浑浊的波涛涌过他苍老的身体
漩涡闪烁在他一生艰辛的脸上
浪头袭击他执碗的手

它看到一部分泥土从流逝的水中
沉积了下来
正在重新塑造他的膝盖和双足

而他毫不自知

在咸阳机场转乘

难道仅仅是机场上空的明亮
在我的胸口
变成越来越浓的暮色

候机室里，到处都像零碎的电影片段
有几个西北人在我附近说话
我甚至看到一个牧区来的僧人

听说内蒙古那边早已下过雪
这几天应该清清静静
这几天
那里如果有骑在骆驼或马背的人
眼睛一定雪亮

最终我坐在飞机里面，就像
一个瞎子

重庆，机场旅馆

在从机场到旅馆的路上，路灯编织着闷热
而潮湿的
空中
不断听到飞机的降落
想象中的山城落日早化为乌有

短暂的一夜，山势不断把自身变淡
梦中那些停泊的飞机不断把
银色的影子
投射到我睡梦中的脸上
并且与我一样也有着微微抽动的
安静而生动的鼻翼

飞成都

右侧舷窗突然透射进一块块耀眼的光斑
在机舱内闪烁

执着的机翼，切割金色闪闪的光线
这是一次明净的飞行，熟悉的内容正在不断消隐
而新的内容又未能明确所知

我降落的是一个盆地中的城市，陌生感
迅速击退了根深蒂固的炎热
直入迫切的肌肤
从未涉足过的，才有探险般的诱惑

灯火浓艳，稀疏的星粒不得不向更高处隐身
而我们的身上也不得不捆绑了前者

川西北，途经汶川、茂县、松潘

成都平原已经没入茫茫的夏日
岷江如此狭窄而又汹涌

滑坡、落石和地震的遗迹，以及
零零散散的羌堡所显示的胆魄和神秘的云气

朔风劲抽脚底
高山草甸把沉郁和大气紧抱在胸口
河畔一小块（就那么一小块）金灿灿的青稞地里
收割的藏族妇女，像油画一样浓烈

点点牦牛在遥远的草坡上啃草，完全不理睬
强加或者未强加给它们的另外的世界
植物渐愈茂盛，我仿佛嘴含
清凉之水
但又无从对苍茫的山川有所表达

诺日郎餐厅

那时我还没有听到诺日朗瀑布
稀朗、宽阔
而又明亮的水声
那时我还没有看见谷底的石头潮湿、发亮
像一首诗不断重写的坚实的结果

瀑布旁的树木，叶子发出应该有的
但却为我所未知的湿润的颤抖

餐厅高大的空间中，光线神秘地透视下来
我把它们都当成琴匣
应和着那缥缈而不肯明确表达的音乐

我的体内水流未空，而是堆满
动荡的白银

眺望红原、若尔盖、马尔康乃至色达

岷江源头已在一阵微微的高海拔反应中
变得模糊，直至消失

但有一种清冽的毒素，不依不饶地
弥漫我的全身
绚烂的野花是牦牛和绵羊、马匹的
背景，与天际相交的草原
是摇曳的野花最忠实相依的背景
隐隐约约的蜿蜒的长江和黄河是草原永不可
剥离的雄浑的背景。大野磅礴
松涛在岷山山脉的北端和秦岭的边侧
忍住喧响的肚腹
它的梦一直流淌向群鸟翔集的湿地

给我一张地图，给我一份盲目的激情和理性
给我暂时不可能涉足的愧悔

岷山山脉、中午以及最高峰

在雪山梁千回百转的盘山公路上
我不仅与我的心脏为敌
也在与记忆做着激烈的斗争——眼前的一切
与我去年夏日在西藏所遇到的
完全相似
那少量的零零散散的牦牛，仿佛就要被
山坡的灰绿所吸收
但它们顽强地保持了倾斜的存在

这铁呵，这就像山一样的铁
每一座山不是石头在汹涌，而是
凛凛之铁连绵地铸成

我习惯的语言体系必须更换
但重新创造多么艰难，而且绝无可能和希望

成都，病，雨

雨水落向双层高架桥，再从边缘
跌落到地上
在第二层奔跑的汽车，像穿越凉气的隧道

也许是雨水放大了我的疼痛，此刻的宾馆里
痛苦弥漫

漠漠的露台，花盆即将被雨水胀破
潮湿不堪的叶子，留住
层层闪烁的声响

雨水让四川盆地不断缩小，只剩成都平原这一块
成都平原也在雨水中不断缩小
只剩我的房间，以及
幽暗的疼痛

乌蒙山

庞大的雨水落在山山岭岭的
针叶林上，不断被刺破
每一滴破碎的雨水，忍着疼痛
又撞向岩石

看不清乌江了呀，越聚越浓的水汽
一遍遍刷在乌蒙山上
雨水微弱的光芒也在山体上
渐渐变黑

那个唯一拥有马的人，眼睛一直发亮
虽然他的马厩已经变空
本身不怕冷的马也微微颤抖
最终竟然凭空消失

怒江

只有杀牛的人不紧张，杀牛
已是很多年前的事了，厚厚的牛血
压着他的记忆
他在江边圆瞪双眼以后，又将眼睛
微微闭住
怒涛让他的身体震颤

紧张的是江边的房子，它们在暗中
揪紧岩石
时刻有随着激流流走的危险

但我看到乱草中趴着的一朵微不足道的
无名小花，如此镇静却有着
英雄般的气概
曾经有走过的牛将它踩烂
任何一片轻风都对它忽视

大象

云南的阳光在群山上堆积
汹涌而下
冲击树木和岩石
倾泻进山底的江里

也冲击大象粗厚的身体，但它们从不逃跑
而是若无其事

一头大象走在最后，慢慢掉队
终于被有个人骑到背上

被大地不断磨砺，他终于骑到我的身边
他还没有开口
大象就用清澈而又雄壮的眼神
全都告诉了我

峡谷

一队人蹲伏在山腰小径上休息，也许是
贩盐者，甚至贩石头者

两岸连绵的群峰无法治服惊心的江水
对此，人心反而不再畏惧
多少年冲击中反复的磨砺，已让它如钢似铁

峡谷边的阴影灭掉了它们置于小径上的
沉重的担子，或负载累累的马匹

行走中丢失的时间比没有尽头的峡谷
更令人绝望，没有谁一生不是在和自己深陷重围
的身体苦苦搏斗

在阳朔

我有多少以往的经验被颠覆，痴想的人妄图
设立私人仓库
但他肯定不是一个旅行者

我如何置放这样的美
难题的克服就是一层层揭开
身体秘密的过程
当我看到阴凉之处，两个欧洲女子以粗糙的
坦率的脸孔
夺占了这个中午的制高点，而街心
一只黑猫的阴影真的像是滚烫的黑墨

阳朔冶炼了多少莫名清晰的酒呀
它就藏在时间之中
觉醒的人，可以自取

当我以被灼热的刺痛

触到那真实的相外之相，感官之一的触觉

陷入茫然和虚无

游白帝城

从江上眺望白帝城
向上游眺望长江更遥远的无穷处
眺望浓郁的夏日在苍山浊水间涂抹

白帝城的宁静无法刻画
蜀地的码头、石级和叫卖声，蜀地女子的脸
与巴地的女子容易混淆
我看到两个来自欧美的游客，从城墙后
俯瞰云气被阳光搅拌的
烈烈的江面
（翻译告诉他们这是扬子江——
其实扬子江应该指长江的下游，
这里是完全不同于长江下游的更神秘的一段）

伫望夔门，突然收束的激流足以让任何善辩之人
瞬间无语，千年的澎湃只能在肺腑之中

汉口

旅客，一直在惊人的自我重复中
铁轨更是在严重的自我重复里无法
中止自身

鼎沸的阳光，兼顾宽阔的江面
飘忽不定的风所吹拂的
火热的大桥
现在，它就坐在高大、略显破旧的站台
顶棚上

这一列火车也就是另一列火车
这一个旅客也就是
另一个旅客
但这一条江却不是另一条江，它只有一条
武汉同样如此，夏日只为它专有

在南昌转火车

处处发烫，几乎每一处建筑物
在炎阳下
都不敢让人伸手

像还未登场的角色，铁轨在许多建筑物
的后面，一直伸向广西

夜里，热浪的漩涡一直没有减弱
我梦见铁轨被我喘息着
扛在肩上

九江

一座城市的炎热似乎不适宜外人加入

本城人在虚浮的街边和灯光下
（甚至有影子待在
轻风不到的树叶间）
被几条街道围绕的巨大湖泊（水中也有湖堤分割）
水面上热气继续蒸发，它们
弄乱了本已不规则的星星，使黑夜更加漆黑

偶尔有不太懂的方言
在我脸前缭绕
一个人哪怕短暂地融进另一座城市
也是非常艰难，是什么在我的内心中
将我与他们微妙地隔开？尽管
我也一样被那些树木和穿过枝叶的
碎光，常常将身体遮住

第一次乘火车远行

陈旧的绿皮火车，却觉得有崭新的
油漆气味

而清新的早春之夜，却觉得
都是残山和剩水

迷蒙的灯光，不能拯救车厢中
微寒的我们
许多人在梦中像是抓着自己的头发在奔驰
另一些人半醒着
却觉得自己是溺亡者

我的手清清楚楚放在面前
光影和黑暗交替压在它的上面

毕竟是沿江的城市

那个深夜的站台并不大，但我一直
觉得大，稀少的灯光像
无声的电钻
漏出更多的春寒

几个乘客上车了，仿佛从另一个时代跑过来
脸孔模糊，生活的负担明显加于
他们的肩上

毕竟是沿江的城市，待他们坐定
低头而睡
江水的气息就像他们身上昏暗的旧布

微弱的落魄

那时呵，星星正在变成死硬的灰烬
江涛闪耀在许多人汹涌的脸上

那火车的气息却好闻极了，苦中作乐
那火车中日夜兼程的身体
却不是我的

他在星夜赶路
火车本身衰老的速度不可制止
但它还能走
把与己无关的梦带到新的时间里

在乡村的身旁
城镇的身旁
火车也有一双暗夜中看不见的手
它想摸一摸许多就要缓缓逝去的物体

年代不明的灯火

像是微弱的落魄

跨省长途汽车

出城后不久，山坡上的茶园
用力最深

河流是明亮的，但悬在河沿上的公路却
异常阴郁
并不仅仅是林木的遮蔽

山谷间坦然的乡镇，留一道并不宽阔的缝隙
给这辆跨省的长途汽车

空气中含有山川难言的气氛，而各种颜色
在我的身上一再上演和交替

从江阴到南京途中

我反复追问傍晚江阴广阔的江面上的落日与什么相似

它有限度地撞击过哪一扇大门

而在离南京越来越近的漆黑的高速公路上

我将脸贴近车窗玻璃

终于看见笔直的高空中

那毫无光华的一轮半月

如果我能将它擦拭

我将把它安放在哪一座城市,照耀哪一条街道

与桌上的咖啡,纸上的文字和遗漏的

糖为伴

平江府路上

平江府路上的阴凉
逼退一部分繁华
一张张慢慢显现的旧日的脸
让我如此心生喜欢

在远方渐渐消逝的总是更富含
光辉，而此刻
我手上涌出微微的暗汗，仿佛真的是
空怀一腔
等待中的焦急
有多少种角色可以入住，我只愿普通而生动

下扬州

还没有到扬州，即使到了扬州
我也不将怀中的画取出

竹林变暗，柳丝明亮起来
作为一个外来客，在扬州我的目光
无法不变得更加迷茫和衰退

"多么向往做一个水鬼"——那羞涩的脸
与大巴，与落日，鱼的肠子中
它怎么舍得把自己的荠菜口味换掉
春风呵，让我变薄
奢靡的针尖，正一遍一遍把声音
录入我的身体

江南没有猛虎，那么

饲养鹭鸶

胸口的热量，正不断被捂高

运河

许久都没等到一只货船过来
这不像是运河
有人不断对我抱怨

这让我无法解释
而在一天之前
我在车上确实看到过一列长长的船队
那时我心动了一下
但汽车很快就转到了另一条傍晚的街上

西津古渡，偶遇父亲

我瞬间就认出了他，可当我转身
茶楼已空
（也许他根本未进茶楼）
凭空在街上消失

那时他还是个异乡青年，比照片还模糊
那时的春色更无法
平定世乱

只有江水有条不紊，继续切断大地

十一月十九日，虎丘

初冬的山林，郁结着沧桑的青绿
红叶像是少量被遗忘的颜料

前夜一场突然其来的寒流，固执地透进
瑟瑟的竹林深处，潜藏的鸟雀
明亮的眼睛在暗中
逼人至死

呵，山丘微微起伏
下午就像虚弱的光线，一碰就断
在温和之气周旋的山底，我与一只远避的锦鸡
恰好错身而过

初冬之夜，一个料理店

身外万家灯火正不断融化

清酒所带来的

轻微的眩晕

不仅仅是芥末和冷鱼颠覆了胃的前途

脸红的人脸上释放出一幅烫人的画

可能是温泉

也可能是热风中的竹叶

星辰的炸弹下，满园都是

被解放了的筋骨

像一部电影的开头

站台上清冷而疏朗
晨光渐渐强烈，向来自东南的铁轨那头看去
所有的物和人都是低角度的逆光
乘客们，或者急急地，或者从容地，都将身子与
应立的位置吻合

我突然觉得自己是在太空，有失重的错觉

不可阻止的呼啸，有可能永远从这个陌生的城市
将我昨夜的身体带走

木剑、道士，火车站

两个清逸的道士模样的年轻人
那个早寒的春天，我一直萦绕着这样清淡的疑问：
"他们是真的道士吗，芒鞋远游
还是古代的时尚青年穿越时空？"

那些日子，霏霏霪雨一直不愿松手
菜市、弄堂，还有江畔的码头，潮湿不仅
停留在天上，它垂直而下，携着不可阻止的雨滴
那时我还没有经过残酷世事的磨炼
就像一条安静的鱼一直待在浅浅的水流里
是不是有一种担心在我意识外遥远地波动着，而灰灰
的乌云，在我薄薄的心头无法凝聚

呵，那时我也在想，如果有一把木剑多好
我也可以仗剑登山

福州路小记

之前，确实听到黄浦江上的汽笛
也看到灯光在江面上就像编织云锦
但我实在不敢断定是不是今晚

时间的流逝有时有停顿，甚至会倒流
甚至更会交叉

初冬的福州路，即使在眼前
我也不敢断定会不会有梧桐
老房子的气息就像一个可靠的朋友

一个人的身体可以分成数个，在不同的时间段中
这说的就是我
我也不敢将座中人一一落实，当代有时也像考古
面对这样的任务，这确实非常艰难
而灯光给予的凭证，从来就不够牢靠

早春的旅馆

旅馆总在旧楼，在城市的中心地带
从繁华的街道沿小巷进去

雨势罢演了，但梧桐仍然怀抱乌云和早晨
在无声中排山倒海

身染零星落花的人
经过风景区和早餐店

在我的衣袖上

最后几点雨滴，在我的衣袖上
变干以后
湖山开始清晰地稳定下来

游船脱离与我无涉的身体，向雷峰塔那边
划过去，却像是漂向了天边

空蒙的早春无限地扩张了这
异地的城市
许多新鲜的因素，糊满我的眼睛

在湖天之间，我突然觉得一个人的
早年非常重要
而我就恰好处于这清冷的时期

虎跑寺

水杉的野心值得尊敬
它的成效也有目共睹

拒绝天空中太直白的光线
也拒绝了百步之外的市声
它只亲近苔藓
呵，它有苔藓的脸
苔藓的身体
苔藓的足，深插于苍石、溪流之下

并非泉水让虎羞愧
亡僧、早春，让我在进山路上的
冷风中，又重生一次

嫩笋

一切都是嫩笋的设计，它自己变成薄片
在桌上，在盘子中

它还带来适度的灯光，带来一条街
带来一桌子的人
带来附近的西湖

它将酒气化为黑夜中的烟水
又化为半夜天空中
几点雨滴

它说自己叫夏夜，也叫浙江，或者杭州

富春江畔的县城

吃面条的人都很固执，在晨光中
一直埋头吃面条
咸菜堆叠在大碗上，覆盖着富阳的
口味

大巴一直在富春江边走而不自知
房子都旧，青山在春寒中格外示弱

昔日的县城总是有着相互
模仿到骨的口气
但新的语言系统已经在它们的身躯里
安装和使用

车过杭州、萧山、诸暨

茫茫的钱塘江水，看不清楚

一只孤独的运砂船几乎

与水面的散光混淆

就在这个午后，车内模糊的燥热中

一直印有山坡上茶园青色的擦痕

而萧山境内的杨汛桥

却令我触目吃惊，二十年前一个未谋面的旧友

已在这个地名中慢慢湮失

诸暨将细雨与水汽推送给我

远山一直在我的视野里犹豫和彳亍

多少蓦然的美景在水滴斑斑的车窗玻璃上

凝聚，又被寒风吹散

在乌镇

我回避了当下火热的生活

正好让我进入

不明的年代，比如二十年代，我可以化身为

另一个人

踽踽独行，在旧邮局的门口

我仿佛遇到一个透明的但又在瞬间

消逝的邮差

某一个敞开的大门，满院乔木、灌木

大门之内还有门

门后还有门，乌有的主人闪现，向我礼貌地致意

是什么明亮地堆积在阴暗的空中

我踌躇、无奈，运河的流水从不潦草

南浔记

南浔愈走愈深的河岸的两边，并不都是街
五月茂盛的树木把郁郁的
凉爽的光辉
含蓄地洒在
每个到来的陌生人的眼睛里

许多张脸已被连绵的树荫同化
或彻底变成了树荫的一部分

夜游西塘

拥挤，没有哪一座桥梁上，哪一个
小吃店中
哪一条弄堂里
（尤其酒吧街上，以及两岸烟雨长廊的下面）

暮春的身体呵，为什么都有着如此
致命的狂欢？
没有谁是孤独的生物，即使曾经是
——现在也被这五光十色的场面所点燃

夜色中的灯笼其实并不放纵，它们甚至是
含蓄和收敛的
倒映在黑漆漆的水里

我的内心如水面上的几盏河灯
不知向何处一直漂流

在去桐庐的路上

细雨不断织就清冷的雾气
嘉兴是如何在这个午后潮湿的路旁
被悄悄地撤掉
更换成德清（呵，它只是
德清的一角，一马平川的平原）

经过许多条河流以后（其中一条
是大运河）
最后是桐乡（江南无穷无尽
总是有着这样极强的
复制美的能力）

两个正弯腰在菜地上劳作的人
被粘贴在模糊的车窗玻璃上
还有一台挖掘机也被车窗玻璃带走
稻田的上空，挤满空荡荡的水珠

车过安吉

重山层层向远方堆砌，颜色越来越淡
以致变成了与天空一样的
迷蒙的云迹

野竹与松竹交错覆盖，公路近旁
的一座座山峰
（竹根与松根下的清凉，暂且
躲在炎热的阴影下，不释放出来）
江南有更轻视自己身体的
蜥蜴
也有根本不爱词语的蚂蚁

河床上卵石裸露，清流以最经济的体积
长流而去

细节比全局更让我的胸怀开阔

天目溪

天目溪与一条江类似，但水少了点
黄昏时水面微微的反光已在我的身上
彻底消失
春风虽轻，但它熬制了最浓的黑夜
那些看不见的松树，在远山中正向点点碎星
待价而沽

车灯射出的光束里，看到溪边的一个夜行人
于是停下，向他打听到桐庐怎么走
路边稻禾的气息蜷曲而来
有几所老房子，灯光稀少如飞蛾
浙江竟然也安静如此，但还是有一种孤独的力量
一路伴随，撬动路面下深埋的岩石

杭嘉湖平原上的烈日

两点半钟这个时刻，正被烈日
耀眼地煎熬
几乎没有云，就那么淡薄的几缕
全都热得微微发红

能有巍峨形象的，也只有那结结实实的
高压线铁塔
河边，正从载沙船上卸货的
吊机长臂，也能算上一个

迢迢的高速公路上空，热量直直地
不断向下翻涌

哦，那火热的车轮，正切割着
滚烫的杭嘉湖平原

跨海大桥

这是近海，江、海还未
完全合流

阴影，一块一块地贴在海面上
相比它的静止
云片却低低地在半空中疾走

风力发电机分立在跨海大桥的两边

浮标在浪花中，如此沉得住气
而船只，如此稀少，不知
驶向哪个方向

风已经大
它让我目睹海天浩大的阵势

从沈家湾码头乘船去嵊泗列岛

我先是注意到海水颜色的变化
土黄、褐黄，终至蔚蓝

然后才注意到渡轮的本身
草绿的舷梯，阳光在每一级上
正好画上刺眼的台阶
那最明亮的色块是在船顶
不同的部件刷成凉爽的白色，或热血的鲜红

后来我才注意渡轮之外的其他海船
在远方静止不动
或从我们左舷或右舷之外，驶过

最后才注意到太阳，是它
送来这酷热、大美的八月和
视野极处缥缈的海水

在南通

再向前走，街道越来越弱
但还是街道，夜雨在清晨发酵成
不成形的雾气，缥缈的行人比雾气还淡

一条清冷的河流突然横在街道之中
停泊的船只稀少，甚至难以证实

没有人认为我是一个打听海的人，一些
工业的噪声来历不明
它们与遥远的海涛有着颜色上
本质的不同

在溧阳

有一个人从竹海中走出，一身青气

有一只鱼头，独自在湖里游动

在江苏的深山中，一个同行的人
断断续续给我讲故事
直到走到平原

我接着虚构，经过岔路口时
我选择的是一直通向大巴的那条路，阳光的薄刃
正切割它身边的阴影
而他从另一条退回去了，消失在
皖苏交界的地方，继续
被浓荫遮覆

黄山脚下，一个村落

隔着深谷
对面，竹木抽出无尽的进山的路径
它们那样层层的面积和重量
却从不跌下

村旁的山岩全是八十年代的样子
被各种口音环绕

登山的前夜，我住在一个村民狭小的
木板房间里
昏黄的灯泡渐渐变成苍翠的颜色
后来又变成少量的朝霞
凉气又黑又硬，孤悬身外

屯溪老街的灯火

屯溪老街的灯火也很青硬，就像
十字街口那四只石头凳子，人去凳空
不，凳子上永远不会断人
又一个春日——如今他们的血肉之躯
四散于何方？
生活中不缺少温暖的场合，
缺少的只是一个共有的凝聚点

屯溪老街的灯火虽然有着无限的心怀
但它从不照耀到近在咫尺的
新安江上，那里啊
另外的灯火更加迷离，深秋的江流
安静，谦虚

太平县

后来又有多少次我穿过太平县

笔直的高速公路抹杀了多少心动的美景
那是可悲的漠视和浪费
还是回到旧日，清流与远山相携
一条弯曲的老路被我的目光晒暖
风吹路边每一件人间的风物
太平县多么迷蒙，它无故地就打动了我，它把
缓缓起伏的美
向南推向了极致

不是天下所有之事都有明确的起因、必然的
高潮和结局
对这个几乎与我毫无瓜葛和渊源的老县的热爱
——我能从这儿拿走什么？

夜行：从太平到泾县查济

暮色迅速贴近山岗，红色的沙土路
几乎已被它那浩大的气魄完全擦去

车灯中松林的气息倾泻而来
路边寂然的民居，粼粼的灯火
没有任何杂质的黑夜，每一点低声说话
都清楚至极

某一段路能看到低调的湖水闪烁
时间不断拦在前面
它的顽强令人无奈，八点了，我们才走了一小半
九点了，还没有抵达目的地
不知道身处何处，已经驶过很多的村落

这样的夜行真的，谁要是再多说一句话
就妨碍了它极端的洁癖

歙县

油菜花特别金黄、明亮和虚幻
我突然到了歙县

我觉得我将要被新安江上白亮亮的清风
轻轻吹走。那时我觉得青春有可能就这样
在短暂的歙县迅速度完

八十年代的长途班车在歙县的乡间
懵懂地颠簸
我记得有许多绝尘的树木、脱俗的山岭，还有
清晰如前世的溪水

新安江畔的冬日暮晚

我指的天象仅仅是星光的迷宫
现在，它们清晰地悬浮在屯溪的上方

"从来都是对岸的灯火多一点"，我承认此言是真理
新安江水带走了一部分虚蒙的我
对岸灯火的颗粒，可以用毫克来计量

暮色还在往我的身上堆积，车子沿着江边
风大起来，发动机应该增加了多大的负荷

婺源笔记

细雨保持了适度的克制

在那大面积亮晃晃的油菜花涌来之前，车子

转入山脚下一条幽湿的窄路

弯曲的溪流不太汹涌，乱石难以埋没

山体苍黑、华丽，令车中无数双眼睛

飘飞、惊艳

淤积的时光也在修改我

在黝黯的屋檐下和石桥上

在石板油亮的狭长的巷子中，在峰回路转的村街中

在破旧的红灯笼和倒塌的墙壁旁

在对人家昏暗的墙上挂着的蓑衣的一瞥中

农具、天井和灼灼的美人蕉

——我的面貌在急遽改变，它没有定度

一石、一竹，或者一条安详的雨中的狗

池州、石台、祁门之行

如果我曾计划把身子寄托于不甚可靠的
炎热的明日
那么此时，我更愿意将它交付给
牯牛降暴雨后清凉的山底，急水横流的
石阶、山崖，以及湍急的瀑布和深潭
谁的脚印，那一双无迹的、消灭了
任何烟火气的脚印
它携带着松针和杂木之叶的苦香

另一个新我已经诞生和迅速成长
从此，他在我永远湿淋淋的体内
砍柴、采薇，面对巨石和幽兰，决绝或者优柔寡断
我为什么要舍弃漂亮的彩翎的山鸡
而去拥抱无望的斑斓的豹子？

四月二十二夜，在敬亭山上饮茶

一条微微反光的山路一直向下

它经过身边的茶园

经过身边一棵棵茂密的水杉

经过零星的竹子和杂树

经过树叶中藏着的电灯

那样的亮度恰好，——

如果有一只虎，我们也只会看到

它局部的皮毛

如果有一只狐狸，它稍纵即逝的美

我们的眼睛也无法在一片墨黑中

迅速捕捉

透过茶楼的窗口，一根根银亮的雨丝

让所有看不见的画面

一幅幅变得更加生动

从芜湖火车站转车

在芜湖火车站，逗留短暂的半个小时
细雪被埋进天空，市民
从我内心流过

那么多独自旅行的经历蜷曲起来
我曾在芜湖秋深之夜的旅馆中
听着江水漆黑里夹着银白的闷响
也曾在盛夏大水浩繁时刻随着渡轮，脚底
抵着滚烫的铁

再坏的天气也没有办法能使我衰老
那凶猛的动物其实也温顺，也很小
也有翅膀
此刻我将它在暮色中放飞
它疾速、独自破开的是我秘密拥有的穿越长江的天空

青弋江与长江交汇口

那是城市怀抱中的一段江面
在汇入长江之前，它特别朴素和安静

我看到了少量的不同方向的货船
那坚忍的速度有多么大的耐心

向长江驶去的全是空船
而从长江上驶来的，因为满载
船舷全都压得很低

也可能是风大或日光的角度
我看到微弱的浪花都在向它的上游涌去

我像是一个隐身人，它一直没有看到我
在江畔一个旅馆
30层楼的窗户后面

稀少的江水——在无为市

因为是枯水季，江滩面积显得更大

那样明艳的巨轮来了
（全身都是苹果绿）
它开得缓慢，并非有意突出自己

稀少的江水，令人顿生轻视之感

空空的江面上，又一艘巨轮来了
与前一艘颜色不一样
令人瞩目的同时，又令人生疑
它与前一艘已消失的巨轮
是同一艘，还是略微修改后再次出现

存在过的必将消失
但也可能以另一种形式重回世上

九华山纪行

一条陡峭的潮湿的石阶飘忽向上
那么逼仄，一边是鳞次升高的房顶
寂静在这儿不断滴落成阴凉的雾气，微弱的灯火
和少数几个特别鲜明的红灯笼
虫声如雨

"山上的湿气太重"，即使不打开窗子
即使不敞开胸腔，都像有一块湿漉漉的铁
躺在体内静静地生锈
我即将躺下的床上，在昨晚，在更早以前的夜晚
是谁，温热的身躯，来自哪个省区
今夜与我合而为一，我为你祝福
兄弟，我们是有缘分的人
我们在九华山相同的苍翠的颜色中沉睡

车过铜陵长江大桥

那是一种稳定而又不对称的关系

现在我从铜陵长江大桥上
眺望江面
七只驳船，三只驶向上游，另四只
顺水而下
其中近处的四只清清楚楚，无论满载
（黄沙或煤）
还是空船
另三只距离太远，最远的一只
几乎融入日光的斑斑驳驳之中，那是
壮观而又空蒙的一幕

所有的流动都有秩序，并且自然
而鲜活

安庆的江面

在这样明晃晃的上午
江对岸的树木和房子，竟都模模糊糊

闪闪烁烁的江面上，有一些零星船只
但它们太软弱、涣散

有一艘船越来越近，我以为它就会
驶过我的面前
其实，它并不是顺流而行
而是渡轮，渐渐靠到码头
阳光让它比其他船只都真实
并且通身发亮

我无法眺望，阳光太刺眼了，我只有
垂下头来
看内心中正在流逝的波涛

蚌埠

那个火车站是个大站，人多
那时它很旧的样子
还没有重建

值班员睡了，这时已经深夜十二点
一张长椅，她用大衣盖在身上

大多数乘客也睡了，各个姿势
后半夜没有火车

很冷，一部分乘客趴在二楼餐桌上
脸向桌面，但又被一一弄醒
赶到下面的候车室中

我自己的来龙去脉总是自我湮没
我记得的，总是别人的情形

所有的努力

不止一种力量在角逐
半隐半现的太阳在空中，它想伸出手
抱住黄淮平原上零落的房子
而我所在的火车，却想将那些房子
带往远方

那天下午，我看到飞速的时间闪耀在
秋日空气中稀少的黄金里

其实，车窗玻璃后我的脸
一直想留住什么
尽管身不由己，但所有的努力都是白费

只有一种颜色

平原上的春色如此单调，只有一种颜色
它由麦苗来承担

无法与它完全融合，一列火车深陷
黄淮大平原霸道的腹地
不败的速度显然也无法让这列火车
从中摆脱出来

它让一列火车因为在大平原的春色中行驶
而感到绝望

夜宿蒙城

宾馆窗下深深的路灯，以一条路的姿势
笔直地穿过无垠的麦田

一个人一生中肯定有某一个夜晚
肯定要被某种气息围绕
就像今夜
欲熟的麦穗的气息
大平原上生生不息的树木的气息
一只羊（它是许多只羊的代表）、一条牛（它是
许多条牛的代表）
一匹马（我一直还未见到
有这样一匹深陷于我想象中的马）
它们的气息从四面围拢而来

这是光明的直线，也是神奇的、梦幻的直线
没有谁能将它擦掉

去凤台县

连绵的平原、羊和树木
细雨在自身轻微的平静中
消耗殆尽

淮河大桥上一闪而过的但又缓慢的
带着泥灰的长途客车、挑担步行
的卖枣子的人

我被热辣的羊杂和烈酒填充的肠胃里，还有
大块的白云和高远的秋阳

在千里平原上我愿深陷、被遮蔽
我与孤单的白羊和杨树都是真正的
好兄弟

凤台县城，乘渡轮去淮河对岸

渡轮上的各种人脸，同样也很清爽
他们的鞋，或者骑在身下的
电动三轮车、摩托车
当渡轮靠岸，它们都轻渺地消失，
寂静无声

河滩上一块一块明晃晃的油菜花
沿河绵延，树木稀疏或密集
有青草，也有被河水推到岸沿的
垃圾

装满煤炭的货船吃水很深，一如既往地低调

我以为上岸时会遇见一只绵弱的幼羊
它的眼神会在惊慌的一瞥中
从我的身上划过

那几艘船都往江苏而去

我也是路过，只是与那条河流的方向不同
那几艘船都往江苏而去

路过，而不是焊接
我的身体迅速与那条河流作了了断
早春使桥梁，更使远方的船闸迷蒙
河流缓缓地让平原裂开，给它让出一条向东去的路
麦苗沿河自织青色的锦绣

一个人变得阔大只在瞬间

初冬，去金寨县

衰草与青松迅疾交替，低山如野兽拉长的背脊
雨滴无休止地追逐
仿佛不断落入远方迷蒙的叙事圈套之中

车辆永远是落后的，它没有高速公路奔跑的速度快

汪澈、小余的厦门之旅

动荡的灯光，布满天空
并不断、反复埋进海水

他们与一艘轻型护卫舰猝然相遇
它早已退役
钢铁的一生早已交给远方的海风
现在在港湾内，像一个老人
也像一个孩子

那是灯光重新绘制的天空和海边
重新绘制的城市之夜
暮春的大鲸，隐隐露出背脊

辑三

地下车库

抗拒

具有银质的人，避免不了悲剧袭身

呵，多少银质的词语
在我头脑中最终化为乌有

只有一件存留了下来，这只银质
的罐子，已被损坏
它盛满闪电、雨水、风暴，甚至灰烬
它向往毁灭
时空中映现着他固执的脸
他倏忽间照亮我

但我不能提起他，不能
让如银的光芒向我身上转移
我不抗拒衰老
却抗拒死亡

边缘

这是城市边缘一座几乎废弃的
铁路立交桥

月亮在沉落，万籁都在它的内心收集
却不挥洒
只是向更高处消失

这可能是今夜最后一辆孤零零的汽车
由远及近，移动的灯光一直把深夜
推送到我的眼前
清冷的空气里寂静波澜起伏，但我
经受住了考验

这座立交桥粗大、冷硬
现在，这里什么也没有，除了我所拥有的
人类的身体

沟通

我清楚地记得那一瞬
仿佛电流
星光吹暗荒草，这个偏僻的小车站
仿佛随着夜色缓缓远去
我下车后踏出第一步
脑盖骨——我是说我已与天地万物
刹那间沟通

七月二十日夜在某处独坐

能将我身体包围的
不是海水
甚至也不是空气（它割痛夜色和树叶）
也不会是语言

雨后的潮湿漫过一切，声音被抽去内容
变成徒具形式的
我辨别不出所属的
声响

那些为我所呈现的
我恰恰不去摸索

——我必须摸索那些我看不见的事物
用我单一而明确的手段
我不能唤醒世界，但我能触动未知

潜流

——给荷兰诗人马斯曼

他一直在写诗
只是他的手脚
被深海的水草缠住

其实,他没死
只是他的声音
不能浮上微蓝的海面

——一九四〇,他从荷兰逃亡英国
所乘客轮
被德国鱼雷击中

午夜后躯体醒来

午夜后躯体醒来
对面是山

有许多渺无迹象之事，在皓月中
静静压来

我必须着手解决其中一件
我必须让其有黑暗中的花蕾，和
将我的胆怯覆盖住的叶子

必须让其生动而潮湿
在黑暗中发言，但却从不开口

悲伤的眼珠

雨夜损伤了我的一部分身体
一把虚拟的椅子，硌疼时间的肌肉
"在古代的山水间买房"，那个酷似我的人
室外所养的鸥鹋，都有着悲伤的眼珠

司空曙《云阳馆与韩绅宿别》

酒进入口腔和喉咙以后迅速变热
那阻隔我们多年的山川和波涛
早在它的热辣中瞬间消散

我还是不敢相信面前是否真的是你的脸
我总把它当成镜子中自己的脸

窗外每一点银色的雨滴都抱着灯光
速度和死
竹林深处不是迷离的烟雾，而是我们疲倦的
已慢慢停下的马匹

隔壁房间中的客人浮起歇息的鼾声
我们只有这一个长宵，它却是那样的短暂

六朝

僧人立于短暂的寺前
参差落下的雨滴
他有一张松针的脸，也是柳叶的脸
或者竹节的脸

清虚的水虾缅想富足而清韵的生活
它听到猛烈的马蹄
当然那都是虚浮的马蹄，就像一座城池
被明白而谦和的烟云与桃花抱在隐隐的丰腴的怀中

我继续谈及消亡
谈及销魂、水汽和旅程中好色的不舍

朝霞腐烂及至江底

你的身体像一幅长屏，真迹渐露

遥远的火车被我提携，终于到来
多轻的一口气呵，梦与梦之间一直相连

我渴求那短暂的安静的黑暗，压下我的
惶惑和无知
我在深深的闭目中闪过薄雪

全部都是上品的山水
幼兽都在成长之中，但永远都是温顺的幼兽

青草虽细，但烫伤我的双颊

遥远的火车终于到来
你的身体像一幅长屏，真迹渐露

地铁

一部随时修改的纪录片不断回放
我还给它增加一些无端的内容

地铁渐渐磨去我的火气、异志和对立
但这是暂时的，仿佛现在还不是我的出头露面之日

超市下面的地下车库

像电影，几个顾客站在手扶电梯中
缓缓而上
缓缓而下的另一部手扶电梯
从另一个角度，很快将他们遮住

光线在地下车库的另一边轻轻飘动
车子都是从那边开下来，和开上去的
中间的部位略微昏暗一点，似乎
能听到滴水的声音
但屏住呼吸，却根本没有

空气中确实有潮湿的气味
一辆车的尾灯突然亮起
红光中，一对母女推着购物车从电梯上下来
沿墙而走，就像电影

没有人在此刻会去描绘上面大型超市里的情形
或者去刻画夏天正在大地上如火如荼
雄伟的景象

西庐寺前的尤兰达·卡斯塔纽

麻栎树上爬满斑斑的细腻的苍苔

它们沿着山坡

争势而上，密密的麻栎树林中

还夹杂着红色果实闪烁的

花楸

那个西班牙诗人（她来自西班牙的

西北部）

黑发、翘鼻和红色的眼影，一个女人同时

也是一个诗人的成熟和魅力

浑身洋溢

她说着山中、自然、身心的愉快、

沟通

（不能成句，是因为我只记住

这几个单词）

听拉蒂·萨克森纳朗诵

灯光寂静，粉红和蓝色闪烁地交织
你缓缓启唇，即使是英语
我也基本上不能听懂（那些展翅的词儿
是否就是你曾在诗中描述的
黑蚂蚁和猫头鹰）

那轻轻波动的语调，就像细浪和银光
在我的耳畔
演变成我更听不懂的
但优美无比的马拉雅拉姆语、印地语
印度南部热带平原上
阳光和季风雨透彻地照耀你的生活
哦，大自然就立在我们的身边
我们可以与它交流，甚至向它求助

但不可将它伤害

你的如梦如幻的语调，笼罩在那个夜晚

地下车库

像迷宫，其实秩序井然
灯光恰好将视野照亮

地下车库任何时候都是车比人多，偶尔
才有三四个人影出现。仿佛装了消声器
轻轻地说话也没有回声
简直就是一个超级的汽车卖场
春夏秋冬被阻隔在外，没有
任何一个季节的美或残酷，袭击地下车库里
停车人熟练而又机械的动作
单调的四壁，用数字标示出来的
几大块停车区域，有一点儿神秘
每刻上演的仅仅就是
车子的增加或减少

在电梯中遇到的面孔甚至特别荒谬

霜气

河水尤其清澈，卸过货的
铁船，更空

朝阳与善良或懦弱之人的心灵
颜色一致

我忆起许多年前，我曾在河畔的
自行车上疾驰
有时寒酸而兼有义气
有时仅仅只有狼狈

霜已匿迹，但霜气
在浅短、顽强的枯草中，
没有丝毫衰减，仍然寒意勃勃

时调
——听一位韩国诗人在合肥朗诵

你满头灰白的头发像是张扬的海浪
现在它的飞沫和气势正撞击
会议室的四壁，撞击所有与会者聚精会神的
身躯，并在他们的胸腔里
激起绵远的回响，尽管我听不懂一句韩语
但我却听懂了从你苍劲的嘴唇中
所诵的，不——应该是所吟的
不——应该是所唱的每一个字词，每一个
激烈或温柔的句子

灯光也在屏息静听，它们从不同的方向凝视着
你宽宽的双肩和温厚的双手

起早

朝阳很低

它第一时间摸了摸冬日的铁塔，和

一根孤零零的烟囱

一列运煤车

一直停在最北边的那股铁轨上

——另一列油罐车顺利而来，直接向东

而剩余的两条空荡荡的铁轨

（它们被磨得发亮的部分）

就像四条坚挺的银线

闪烁在黎明前残留的黑暗中

立交桥上微微的寒风中，行人很少

火山灰

梦到一座火山，当然——
是一座死火山
外表看不出来，许多上山的人
对它
并不知晓

我还梦到我暗暗高兴
然后悲凉
我就是上山队伍中最后那个人
一脸细密的雨水
在黯淡的群山里
独自发亮
脚下踩过每一寸已变硬的火山灰

受伤的海豚

一只受伤的海豚
从海面下发出的叫声
没有被波浪覆盖

像是有许多只海豚在叫
其实只有一只
仿佛破碎的海豚

叫声非常短促，偶尔拉长
像许多只鸟
和月亮
在反复悲伤地死去
像一块很小的陨石在反复悲伤地
死去

不合格的天气

我有秘密的鱼骨
不为人知

并不是大鱼的鱼骨
但它清晰
令人爱不释手，甚至微微害怕

某次性爱之前
我犹豫着，是否要拿出来
给她看一看

可是呵，那天不够潮湿
显然是一个不合格的天气

想到以前的年代

灯火被黑夜约束得很紧
月亮也没有充分发挥自身的作用

从铁路桥下穿过，那个时刻
就像从来没有火车

春夜缥缈
令我无来由地想到以前的年代
虫鸣已经超生几十次
许多人走着走着就在大地上消失了
就像我从没有残酷地见过他们

潮湿的阴影

卖河蚌的人，有两竹匾河蚌

还剩下一竹匾
还剩下 20 只
剩下 10 只
剩下 3 只

不是论个数出售，而是称重

他不替人剖开河蚌
卖得很慢
还剩 3 只

他不带刀，潮湿的阴影
不断从他的脸上掠过

在龙岗

——记一次诗歌聚会

我们从不同的方向赶来
摸索着，在炎热中慢慢寻找电影院

但不是看电影
有几个人要在幽冷的台上唱民谣
还有人要迎着光束朗诵

坐在前排的人，位置反而特别低

还有人三三两两立在最边上
黑暗的过道上，妄想抽烟

夏天的夜晚更加盛大，它携着无数颗
星星的宝石
从我们的上空无知而过

只是路过

我一眼就看出，他是一个寻找旅馆的人
路过我的面前
他稍稍停步，但并未开口

月亮出现得很早，就像是某栋楼
银亮的附属物
但黑夜也同样来得早，远远的路面上
汽车的灯光特别刺眼

这个时候如果我从街边走过来
也许就遇到那个寻找旅馆的人，但我知道
此刻他并未下车
像许多人一样，他只是路过

螺蛳

天微亮时的螺蛳最美，但没有人
能看见
晨光太弱，还不能透过清水
轻轻地抚摸它们
也许它们刚醒，坚硬的外壳在细腻的
淤泥上，刚刚翻身
身后像是神画下的一道印迹

后来它们被盛在木桶中
好像一场被春风吹拂的梦
不知是谁的手，什么样的采挪动作
从而改变了它们水淋淋的命运
木桶边站立的少女，晨光完全照亮了
她的脸和脖颈
身体和腿仿佛还沉浸在如水的黑暗里

悬空之鱼

它是一条悬空的鱼，直直而上
肚腹早已被剖开，坦对阳光和空气
肉色微微发红，一根根鱼刺
深隐其中，但能看出它们
凸现的痕迹

咸腥的气息略略弥漫，盐粒发出
它干硬的香味
失去水分后的鱼鳞不断收缩
眼珠仍在，应该保存有它脱离水流的
最后一瞬间，没有哪一种印象
会真正彻底泯灭

我坐在阳台上，一转头就看到它
总是逆光，有时强烈的轮廓
总比细节更重要

青弋江边，听两个僧人弹奏古琴和吹箫

我要在我的诗中消除掉这个

搭建在田野上的球形剧场

消除掉座位上所有的观众

——消除掉他们的身体，尤其是脸和耳朵

那些椅子、圆桌也要一并隐去

我还要消除掉舞台上所有的灯光

我要彻底消除掉所有的界线

与天地的沟通应该是唯一的主题

——只剩下他俩，如果古琴是墨

那么，箫便是笔

这样的二重奏，用无力之力

砸中万物的内心，还有

芦荻、松竹，以及倒悬的星光的泪滴

在桃花潭边吃早餐，遇到美国诗人梅丹理

江水应该近一点，而山应该适当
远一点，我喜欢这样的安排

梅丹理身高一米九，吃早餐时
恰好坐在我的对面
一张桌子也就这么大
那时餐厅人还很少，但有江的沉稳
和山的明亮

梅丹理了解中国当代诗歌
我联想到他有一把竹刀，短短几句话
如一刀就把竹子劈开到底

那种脆响，及脆响带来的清气
在那个早晨也染满我的双手

读斯奈德诗集《龟岛》

春天明亮透彻

但风大

尤其在建筑的高层

我以为上午漫长，其实它很短促

我已到了另一个迷人之处

海水迷蒙

我放下山中的斧子，跋涉过几个简单的单词后

看到了日光下的幼兽

也许它有着丧母之痛

记一个春夜

狂野的声响什么也不描绘

仅仅是声响本身

咖啡馆中间的舞台上只有一个演员

但她点燃了她身旁所有的乐器

甚至点燃了咖啡馆中

大部分的人

点燃了他们的口

点燃了他们的手臂

灯光却毫无想象能力，像是缺钱

从未富裕过

城市边缘

城市边缘的事物都非常稀疏、巨大
其实那是它还没有彻底、也不可能穷尽的地方

我仅仅写下高铁，写下繁复的高速公路
甚至起飞或降落的飞机
写下朝阳

但我更瞩目于那少量的稻田
我俯下身，晚稻上耀眼的霜花凝结

养马的人

养马的人独自拥有一座孤立的山峰

秋气不可能对山林彻底地

伤筋动骨

部分松针和着其他落叶，仿佛

被薄雾指派

落在马棚的上面

他孤独的眼睛明亮，看着他的马绕着山脚

慢慢地向前走，看不见后

又从另一边山脚走出

少荃湖边，弹古琴的少女

那几株又高又细的树，像是终于活明白了
要那么多叶子干什么
适当地减少以后，清气便在天空中
完全浮现出来

她的手指不是水，也不是树下点点
零碎的菊花

更不是在调动鱼，它们在渺渺的水下
从不显身

清幽的世界在远方闪动，并渐渐向她走来
越来越近
直到待在她的几根琴弦上

盲目的身体
——致史蒂文斯

田纳西山下，我没看到山

只遇到石头

和美洲松

再多的石头和美洲松，都是个体

我无法把它们和一座山，和更多的山

联系到一块

我不知道我嵌于无与伦比的秩序之中

不知道我们向高峰上一个

虚无的亮点

从四周向它默默围拢

无法自控而又永不自知

所有的物体都只是被强大者所吸引的

盲目的身体

读出

路边过夜的大货车越来越少

我听到说话声
他们应该是站在大货车那边的阴影里

中午有限的炎热，到了夜晚
就变成袭上衣袖的凉气

通过车牌，我读出不同省份的
灰尘

不会被青草摧毁

河堤从不会被青草摧毁
光影或雨水也不能将它杀死

这么多年，河堤上漂浮过饥饿的乌鸦
仅仅一只

也走过荒凉的妇女
她们也许会成群结队，贫穷的美丽一直
闪耀

我的眺望不断增加距离，越来越远
后来我看到我父亲的亡灵走在这条河堤上
再后来我看到我弟弟的亡灵也走在这条河堤上

他们都跟原先一样
而河堤又给他们提供了新的平台

小区内的街

雨气把自己弄得好像是漠漠的深山
卖虾子的人，卖甘蔗的人
都在做着缥缈的生意

被深秋狙击，初冬迟迟无法过来
我沿着街边，像是在轻淡地劈波斩浪

彗星

那样也很美，巨大的伤口里
也许有少量的草叶、纷繁的露水
蟋蟀的低鸣也是一闪而逝

也许从未有过彗星惊现黎明的长空
那只是我幼时耳朵的幻听
半暗的空气里村人纷纷涌上村头
他们抖颤，无法承受突然其来的明亮的惊恐

我打开木门已是很久之后了
蔚蓝的天空给我送来撕裂后的平复

冬天的雨

谁不怕冷，谁就毫不在乎冬天细雨的
杀伤力
比如这个铁道边走着的人
一簇草丛里必有干燥的洞穴
藏着蚂蚁

他仅仅就是一个在铁轨旁边的路上
行走的人，与铁道与火车应该毫无关系
他有自己随意的生活的目的

而蚂蚁们肯定也在从有限的角度，瞭望
有限的潮湿的天空

汽车灯光

总有少量的车在高架桥下走，尤其是远郊
细雨营造了稀疏的汽车灯光
它们在移动
有的转到岔道上面

我的许多惊人的发现，就来自那个时刻
而且，潮湿像淤泥
浅浅地糊满我的一身

巨大的缺口

河堤上、河面，都是空的。只有河边一个
小小的水文平台

几条高铁线路，有的跨河，有的在另一岸疾走
令人时空错乱

城市向东南小步推进到此，彻底静止
从而形成巨大的缺口
茫茫田野上，一辆停泊的白车，像冰块在闪烁